無形者

馮冬 著

目次

1 開裂的路面

神祕園

許多路通向你，但我
還在原地，一棵燒焦的樹
鳥兒從你頭髮裡升起，野獸奔向你
風中回旋你的消息

我仍在原地，四周已落滿詞語
誕生之夜，一隻手
托起最明亮的眼睛，今夜
你要在我之中
同睡眠一起降臨

在雨中

這雨把我淋成一朵睡蓮了
我在莫奈的池塘裡綻開

輪子載著我划過水面
黑暗中波光粼粼的笑聲

這暴雨足以毀掉一個天才
當樹幹交叉倒下來

大雨把我沖得視力模糊了
兩片家園的燈火，閃爍

漂過來一截愛的樹幹
抓緊它，加入水的年齡

雨中人有一種說不出的幸運
被瞬間之物抓住

難道天空把這些墨潑到他身上
就為寫下雨的詩句

我走在開裂的路面

開裂的咖啡館，開裂的行人
左右搖晃，視線
落上任何一座尖塔，光
揭開獨立大廈，我
走在自由主義的大街上
覺得自己也是自由而非多餘的

第一大街，第二大街
一些人聚在街頭，想讓什麼更加開裂
多餘而非自由的，一些
過剩的夢淌過大街
開裂的咖啡館，開裂的行人
尋找更加開裂的光

楓葉山印象

紅葉鋪滿山路
林中急彎，塵土，一座
等著化成鐵粉的
挖掘機。我從山上下來
遇到的人都只有一隻眼，他們
忙著給我指路，向右
彌爾頓中學，向左，海富路
拐一個更加風塵
僕僕的彎
更多城市躺在地上
海上來風，魚
端坐籮筐裡，嘴巴
閃爍，許多喑啞與蒼白，一個
披頭散髮的嬰兒
迎面而來，握著
半輪太陽

黑玫瑰

我接受你的荒謬
這玫瑰中的殺手

不滴落也不凋謝
如我已離開的凝重

你的名字是紅
在葬禮三部曲上

塗滿魔鬼的黑口紅
你這高貴的殺手

握著蕾絲的槍口
我接受你的致辭

你的名字現在是黑
一半黑，一半紅

我答應過你一個夏天
會換來一個冬天

我答應過秋天
送你一個落葉般的春天

你髮絲不改的溫柔
如影隨我左右

在一群紅玫瑰白玫瑰中
殺死短暫的溫柔

我接受你傲慢的凝眸

我接受你的荒謬

黑是你不朽的藉口

紅是你瘋狂的理由

旋渦

一個燃燒的圓在你目光後面
深淵裡飛出鴿子

一個女孩轉身變成女人
再轉身又變成女孩，你是兩個

擁抱同一個影，你的名字
是紅，是黑，是顫慄的玫瑰

眼睛背後的被看見，還在隱藏
一個不願離開的藉口

這夜漫長，獨坐蒼涼
你寫的信落入最深的井

一隻眼半睡半醒，另一隻
醉入膏肓，看不出時辰

人們都笑你，說你
奮不顧身坐穿愛情的牢底

歷史重演，愛命令我
回到你身旁，氣息溫熱

我摩挲你髮間密雲
你留我在這長夜下沉

我記得你一身白衣
極少化妝，還是個孩子

手持鮮花和為死神
寫的一首詩，「我不能

為死亡停留」，卻為我
現身於中央車站

走過塵埃大街，黑暗中
一顆不安的心

燭火般跳動，為前世今生的我
投下最深的暗影

隨著這旋渦沉沒，隨著
你落葉紛飛的目光

夜機

那在回頭中也無法輓救的目光

沉沒於黑暗的波浪

我將你留在夜晚，孤身走向白晝

隨波浪而延長的目光，弄濕枕頭，拍打

你不斷消失的身影，我

在曠野裡呼喚，只聽見回聲和回聲

那在哀歌裡也無法輓救的目光

你向薄暮走去，將我留在這邊界

褐髮熟睡，白髮醒來

我在半空的機窗上看見自己的臉

你的臉，我駛向你

秋天奏鳴曲

肖邦病了，不能陪你旅行
得獨自穿越死亡的預感

肖邦躺著，聽你彈這練習曲
低沉的跟隨，上升

一種被抑制的激情，漸漸
一種死亡面前的激昂，述說

秋日裡無盡的沉落
肖邦大喊，不妨彈得刺耳些

那段空白，不妨彈得雜亂些
你的手指交錯

無風的一天，黎明空蕩
屋裡只有兩個人

背對窗，沉默，直到夜裡

升起過於明亮的星
太矮了，你說，不會是真的

天邊的黑暗也不是，他說
我們都在這樂曲裡

兩個虛無之間的我們
相對於永恆，是靠近還是遠離了

你感到自己正離去，一道月光
肖邦把手放在你手上

他眼裡偉大的激情遙遠如終曲

在你眼的霧霾裡

你拿走我的眼鏡
什麼也看不清

只見你眸子的中心
烏黑發亮

你霾得一片安詳
我的手分不清方向

你爬上最近的小島
插上一面白旗

然後你的眸子放大
吸去眾光子

你拿走我的眼鏡
世界是一場分心

在你眼的隧道裡
多少太陽放棄光明

你喜歡白色安詳
我的手摸不出方向

當世界攢夠了
足夠的雲

你的眸子烏黑發亮

一個夢（I）

我夢見一個人進來熄滅了燈
他說「睡吧」
我無法說出他的名字

為了讓我入睡，他還關掉加濕器
拉好窗簾，拿走床頭的書
他說「晚安了」

他的臉一直藏在黑暗裡
他住在我的無知裡
他的第三隻眼

看著我，我感覺身上很溫暖

我無法說出他的名字
無法支撐的不斷下沉的名字

我沉下去

一個名字喚我醒來、睡去
一個夢坐在樹上
注視另一個夢

我無法說出
他在那裡的原因
他又把光芒注入我正在睜開的眼睛

冬夜

告訴我，別的走廊裡有什麼
告訴我，別的房間是什麼，燈下的
醫生們都在做什麼

她縱身一躍

告訴我，你眼裡的方形是什麼
告訴我，你手裡握著什麼無色，夜裡的
人們夢見什麼樣的影

她縱身一躍

然後她看這世界的一切都倒著

夢的孩子

一個名字嵌入玻璃，一隻手抓住懸崖
死亡已經宣佈獨立
撤出它的領地，去那希望的田野
死亡已經宣佈獨立
小旗飄上山頭，四處招兵買馬
劃分領地，命名街區
一個名字落入窗戶，一隻手分配大地
死亡已經宣佈獨立
我走在街上，春天來臨
我經過櫻花、玉蘭、紫羅蘭
經過工人、農民、灑水車、渣土車、摩托
我濫用一片新綠的詞語
已經宣佈獨立的死亡
發行花花綠綠的東西
我握著毫無重量的身體
死亡的出現不再是祕密

它踏入生命的賭場，拋骰子

豪賭創意死法，他不必死

或那樣死，報紙如是說

一個人不必死兩次，或兩次

踏入同一個大廳，死亡如是說

房間裡也不必多出一個鬼

他梳頭、喝水、要了一杯黑咖啡

他翻看《光明之書》，轉發朋友圈

我夢見一個人挪動一座懸崖

我過去幫他一下，那面崖就塌了

死亡已經宣佈獨立

風是這季節唯一的竊賊

也有別的竊賊活動於這季節
因為風跑得最快，它帶來最多秘密

它的秘密公佈於眾也沒有誰知道
人們看它如一陣風

它是冬季最好的造物
客廳、臥室、床上全是它的腳印

別的季節有別的竊賊，但看不見的這一個
踏碎所有的心

沒有誰不被它偷走一些呼吸，一些眼淚
風是這季節唯一的竊賊

無人的圖書館

這是書的墳墓，一本接一本
站向消失的世界

來了一個人，讓它們躺下
喚起消失的世界

一隻鴿子在炮火裡撲騰
一座花園長出旋梯

一個年輕的命運女神醒來
難以理解地走向火堆

在那高高的藍色中
再次獻祭，胸口滴著太陽的血

她死於一陣玻璃的反光

而旁邊的人什麼也沒看見，她

在一個世紀之外，一個世界以外
讀一本相反的書

一個安靜的室內，一個

男人正給她寫信，他的字
變成鴿子飛進一個看不見的洞

這是寫作者的墓地，一個
接一個，寫入無人回返的冥河

按字母排序的墓碑，在永恆中
等著一個帶來鮮花的人

我不能獨自走向界限

界限那邊是我不願去的地方
我不能獨自走向界限

那裡長著很多草，很濕滑
去的人據說沒有一個回來過

但我只有界限可以去，除了界限
我一無所有、一無所是

它如荒野裡的太陽召喚飢渴的我
我喝下它金屬般的光

我仍沒有勇氣獨自走向這高懸在
每個人頭上的利劍

它將刺穿我的肉體掛起來如一面黑旗
這利劍，這界限

我不能獨自走向界限

死者去了哪兒

他們退入時間背面，無需光
無法看見他們

在黑暗中
的形體
無法召喚他們，對
他們，為他們
做任何事
說任何話

我們在生命中行軍，時間
是我們的帳篷
外面一片
漆黑，我們
連夜由死者護送
突入時空

交錯的黃昏，對面

是他們的帝國

身後世界

——給我一個詞，讓我走入永恆

詞語止息處，萬物拂動
帶著最綠的詞走入永恆

從背上長出的眼，看見
隨痛苦上升的河流

注入身後世界的入口
永恆世界的開端

所有一切都要從這裡經過
一切戰爭與和平

在這裡聚成一條
穿越眼睛的生命線

眨一下眼，你出現在花園
對我說話，無數個
落滿葉子的我

你安頓受流逝之傷的
兩個深淵間奔走的靈魂

一個地方

來到這兒的人失去自己的名字
它收容沒有名字的人

日出與日落的交界處
來到這兒的人身體放出紅光

他們排著隊等在無邊的窗外
隊伍末端形成卷積雲

來這兒的人要舉手放棄自己的姓名
握手時彼此變得透明

他們住在破碎的詞語裡
開墾動物的荒地

他們喝著從諾言湧出的水
從他們眼裡誕生一個個被遺忘的夜晚

在另一個版本的我們裡

光，返回了太陽，我們
在遺忘的外面
白色包圍我們

目光切斷，下墜的眼簾
你最後一次
掠過客廳

我到了
一個比任何地方都更充滿你的地方
那兒開滿和你頭髮
一樣白的花

我沒有呼吸地跑著
你飄得更快
光，穿透天空的彩繪玻璃

照出看不見的

半個影子

II 無人之城

九號病房

人子啊，我要將你眼目所喜愛的忽然取去

——《以西結書》24 章 16 節

1.

我逃過了，沒能逃過
我不可能逃過沒人能逃過的

如果我被取走，你不可哭泣
也不可悲哀，如經上所說

這一切只是一個預言

為實現超越概率的某個意圖
為文字的某種交付

這一切早已有之，也必再有
外邦人也蒙他眷顧

這身體的外邦必交回設計者手裡

2.

我不願落在他們手裡
化療大師一碰我，我就膝蓋如水

我，一個思想病人，來到你們中間

一個沒有輪子卻可行走的活物
我的存在即對病理的嘲諷

當我之內的激進分子分裂成核大且深染的變異
你們就大叫腫瘤

摸摸我的脖子，什麼也沒有
我製造出腫瘤幻覺

為顯示醫學之中的上帝

B 細胞，T 細胞，NK 細胞
都是設計者的藍圖，哪怕有的已廢棄

為完成這計劃，今夜我要睡在人子中間，23 點
我爬上 23 號十字架，拉好簾子

半夜一個天使進來告訴我
病毒已復活，細胞在通向永生的路上

人子啊，明天你被交給克隆之神

3.

據說九號病房最安靜

一個八十歲老人，血小板已歸零
肌肉歸零，骨骼歸零

一連串東西等著歸零，他已經不耐煩
坐著睡覺，發出鼻鼾

他咕噥著我要回家
你不能回家，你沒有血小板

我要回家，這兒太難受
你回家也不可能有血小板

我要回家，該死的血小板
我不需要血小板

沒有血小板，你就什麼也沒有
你連血小板都沒有，還指望有什麼

4.

入這門的人，不可抱有
完好無損地走出去的希望

入這門的人，你們一定
犯了什麼罪，導致

最重要的生命物質反叛
斯賓諾莎式自我持存

從大圓到小圓再到紅細胞破裂

想一想吧，這是九號病房
旁邊是十號，還有

十一號，十二號，加床

找對自己的床，你就好了一半
剩下的交給 R 藥，CHOP 藥

這兒什麼都有，這個不行，試試那個
一定不要放棄

存活率上升百分之一的希望
你要像細菌一樣活下去，像基督一樣

5.

哦，我被機器環繞，興奮如孩子
研究螢幕上的曲線

一切正常，我是思想病，一切正常
別折騰了，直接麻藥吧

那之後我什麼也記不得
一段被剪掉的記憶，空白

為了不讓我中途醒來干擾手術
我的雙手被捆入床單

其實不必，我很享受

一切正常，你說睡吧，我就睡了
等離子刀切我的時候

我正在永恆裡安睡，這就是莊子說的
無夢的大睡嗎，為什麼

我沒看見靈魂站立一旁
我沒看見任何東西

我醒後來，你說這麼多粘連組織，不是腫瘤是什麼

6.

真的不是腫瘤，真的
我是介於正常和異常之間的中間態

我不是以色列人，別動輒剪除我

我就是正常和異常各佔一半的那個
算命也算不出來的那個

最普通的一個，正如
這是九號病房，九號醫院，九號大街

這是九號星球上一個普通房間
通風很好，偶爾風大

除了喉嚨被切一刀，一切正常
我吃嬰兒餐，大量飲水

很幸運這一次我逃過了
但我知道，有一天我必睡在他們中間

醫生拍拍我肩膀說
我們早知道你不屬於這兒

本給你預備了更大的奇跡
給你大換血，讓你在第三天復活

我說謝謝，這不重要
那必要成就的，我不過以肉身為預告

一個時代的結束

——獻給諾諾

我們回來時它已經不在了
全世界，除了諾諾，都站在那裡
一個空缺站在人群中，和他們一起移動
我的歡樂離我而去，我們不再有共同時間了
它現在可以是任何一個迎面而來或轉身而去的
諾諾走了，它加入一個更大的東西，那是我不理解的
跑過終點後的永恆暈厥，你再也不能
從書架上跳下來鑽入沙發底下了
你被固定在什麼地方，這固定性是我不理解的
彷彿我的昨日突然被釘到牆上
有一天，我也會加入這靜止，和你一切轉動
這空白之於我，如時間之於記憶
書上某些教義和觀點，不光你諾諾
就連我也弄不明白，關於超越性事物
我承認和你一樣盲目，但你比我先一步

越過生命的牆，那後面有沒有風景

我想要地平線，還有樹

人啊，耽擱於這無望的世界，學習忍耐！

套著十倍於你的重擔毫不察覺

而你，只顧拉著我們跑啊跑，你是一朵有力的雲

划過我們的創傷和陰影

你無需語言卻領會許多，我們不能像你這樣發表意見

我們只能低語，十步以外就聽不見

你有人身上最好的品質，勇敢，堅強

我真希望他們像你，假笑的人們

我將在每條街上、每棵樹上看見你

在一切帶著我們自身印記的東西上看見你

同一個印跡中的你，一部分我們

帶著已完成的時間走了

諾諾，你知道嗎，我身後正敞開一個深淵

一切過往墜入其中，我站在

深淵這邊，不，它的邊緣就是我的腳
一個星期日被永遠挖掉了
這天上帝居然沒休息，他忙著取走你
我很想像約伯那樣問為什麼是你
為什麼雜草長得比鬍子快，為什麼
精緻的都要被剪除，為什麼，為什麼
我不認識你們！
這無愛的國度，我該哀悼誰
再沒有誰無條件地愛我們了，我們回家時
親愛的，將只剩牆壁和傢具了
敲門聲響起時，只有送水的人站在那裡
再也不用踩著腳尖進來，他說，這裡好安靜
再也不用混淆敵人和朋友了
我們既沒有敵人也沒有朋友
唯一不習慣的是黑夜來臨後我們不能一起散步
諾諾走了，歡笑走了

剩下的日子面對堅硬的大地，沉重的鳥兒
骯髒的電線桿，夢裡我看見你
坐在那裡，不吃不喝如一具司芬克斯
你在等待什麼，你在等那陣風吹來可以去草地曬太陽
你想得很簡單，你盼著我們回來
我們回來了，放下行李，一個時代結束了

（2019 年 7 月 29 日星期一）

當我體內的懸崖已經粉碎

我就沒有可以粉身碎骨的地方了，我找一個很軟的地方躺著，那曾是懸崖縫隙裡一個絲綢洞穴。一開始它不很像一個地方，軟軟的稻草般氛圍將我包裹其中，既不至於窒息也非自由呼吸，總之我在這地方呼進呼出溫度相似的同樣多的氣體，幾乎沒有外面。我摸摸身體，並沒有臍帶類聯繫，我是可以自由移動的，沒有懸崖的阻礙，牆的感覺也消失了。我感覺我能穿過這層膜，試了試，手指被彈了回來。我是後來才到這地方的，一開始我在一個極窄的門裡生活，它向外打開時，我就去山裡溜達，它關上時，我睡在離它不到一尺的地方，這樣第二天我可以方便地出門。一開始懸崖在門外不遠處，一大早，我爬上去眺望遠方田野。懸崖很堅實，更遠處，大海波光閃爍。後來不知發生了什麼，可能因為缺鈣，懸崖開始在我體內崩塌，一大塊一大塊白堊滾入比我更深的一個巨大溝壑，然後縫隙慢慢合攏，一些余下的絲綢鋪在我腳下，讓我走路極不穩當。我開始在裡面練習摸爬滾打，然後那扇窄門消失了，我像住在一個半透明氣球裡，白天一些光透進來，我眯著眼看外面的樹、雲和象形文字，晚上月光透進來，我半拉上簾子沉溺於做夢。我夢見消失的懸崖從地底湧動著，呼喚我的名字，要將我重新舉起，給我一個命運，但它們始終無法湧出被吞沒的地方，並非因為動力不足，而是因為那斷裂處本不是一個地點，那些懸崖無從找到歸向我的道路，鄉愁無限推延。我做不了什麼以幫它們回返，我的新居是智能交換模式，甚至我不用出門（沒有任何門）就能躺在很遠的地方享受陽光，沒有地方可以墜落，沒有地方可以上升，我拿空間來做什麼？我廢除了它，後來時間也被廢除了。體內的懸崖一個接一個粉碎後，我就去更軟的地方躺著了，並在那裡眺望更遠的地方。

他被同一個世界的幻覺籠罩。經度和維度將他大腦編織成一個實在之圓。他認為在自己身上發現的善，在別人身上也同樣存在，他不可能獨自擁有一樣東西。

同時，他不無天真地、哲學地假定，世界之衝突歸於語言的不相容。如果有一種「普遍語言」，一個通用世內坐標，「格林尼治語言」，那麼我們根據語言差異調整倫理差異就可以了。

據他的看法，自殺性炸彈襲擊者需要的是「憤怒」這個詞的時間性翻譯，但後者卻選擇了它的空間性翻譯。他不知道人們嚎啕大哭時，痛苦只是一個幻覺，一個符號。

這就是說，我們出門旅行時帶一隻倫理手錶就可以了，因為鐘錶上的時間最終毫無用途。他甚至總結出一個美學公式：觀點的衝突＝詩的張力，或，詩＝衝突的語言內表達。

當然，他承認存在很多世界，太陽升起落下，照耀勞動的人們。但他實在無法想象，陽光與雨水的分布能通過「漸進變化」將「惡」培育為「善」的內在。換言之，他從未想到一種深刻的環境決定論能改變人的本質。

哦，人類家園的流亡者，他感到永恆幸福的喪失，原初的喪失。但他並不因這喪失而苦惱。相反，他堅定地認為，幸福之喪失乃是導向某個更大目標的道路，毫無幸福地活著！

一個完全天真的人，甘願為快樂而放棄幸福。他為了一場興奮的談話衝進大雨，或在自己家鄉說異國語言，被當成白痴，或發出從未應驗的災難性預言。

總之，他缺少一種「理論態度」，將本質與表象分開後重新回到表象的態度，他的遊戲精神缺少了欺騙，他的遊戲只是直達本質的單人遊戲。他的天真如一種藏得極深的謀劃。

一個完全天真的人遊蕩著，就在我們中間，或許，他只在我們中間游。

一個沒有症狀的人

設想這樣一個人，他患所有的病，但無一顯示症狀。從外表看，他完好無損，因器官病變是肉眼看不見的，他就被當做正常人。其實，他的各器官已接近衰竭，他不願驚動醫生而已，他只想正常且體面地渡過最後時光，直到停止呼吸（如一個老鐘擺）。這表現在他上電車、下電車時力不從心的樣子，比他的實際年紀老了不止十歲，他握著車門一陣顫抖。白天，他和大家握手，坐在辦公室，下班後，他緩步走上電車。回家後，他鞋也不脫，立刻躺床上，側過頭，微弱地呼吸，如一條魚。很多天都是這樣，他很確信，自己就是那最後之人。

他幾乎相信這種狀態是可以持續的，即騙過所有醫生和疾病，從而在愈加惡化的身體中無限地拖延。從他得知自己患一切病到又一次躺回床上，已經有一個多月了。他雖然不相信神跡（他認為那製造了不連續的自然，而自然明顯是連續的），然而患所有的病且無明顯症狀這個事實本身，就足以構成一次神跡。他很驚訝自己體內有整座醫院為之繁忙的對象，這無異於神創世時的地球上充滿各類等著亞當命名的生物。我就是地球的潰爛縮影，他對自己說，我是毀滅之總和。但可能沒那麼壞，是的，我正處於一切疾症的一切初期，我之中有萬物解體的種子，但至少我現在，這個「現在」要打引號，還是完好的。我已學會與我的一切病和平相處，我，這藏萬毒於自身的亞當，允許它們複製，作為回報，它們好意讓我免受痛苦折磨。我討厭痛苦和任何不適，我只接受生命力的強有力的衰退。是的，衰退也得是有力的、適度的。作為一種生命形式，病原體也想活得體面些，於是我們相互諒解、讓渡時間。

有時他一想到這些類似「神正論」的「病正論」，就興奮起來，整夜難以入眠。有時他夢見治一切病的藥就掛在公園裡不同的樹上，他一伸手就可摸到，一吃就好，那公園是他小時候和母親常去的地方，那裡有無盡的迴廊和樹蔭。有時因死亡的臨近，他瞳孔放大地醒來，冒冷汗，盯著窗戶，那裡似乎有一個人影，一陣風吹動窗簾。如果生命本身的意義是晦暗的，那死亡的意義也是晦暗的，他喃喃道。人本身就是大自然的一場過於漫長的疾病，現在它快結束了，而死亡就是隨那陣風進入那個公園，就是回到童年，他想著。

每到星期天，他會勉強起床，去大街上散步，走到歡快的人群中間，自稱「信使」。他的低沉的帽沿下是一張蒼白如月亮的臉，他比實際年齡老了不止二十歲。但只要所有病不一起發作，他就能一直這樣活在人們中間，以無法察覺的呼吸，以無法觸及的手。據說他最後倒在草地上時，有一隻蝴蝶停在他五彩的唇上。

一個夢（II）

我夢見一群馬經過
我曾玩耍的街道，一群
馬蹄和鬃毛向我湧來
消失在已經消失的街口
我每天經過那裡去學校
學校隱沒在一片霧氣裡
在霧裡我跟蹤一個女孩
每天早上六點半她準時
下車走入霧裡，我算好
在一個狹窄彎道遇見她
每天都是大霧，有時我伸手
碰到她，一個微笑
霧緩慢吞噬一切記憶

我站在已被拆掉的那幢
黑漆漆的樓房底樓

七樓是我家，上樓下樓
也是一種樂趣
六樓的人開著門放音樂
五樓的人關著門吵架
我走在無盡延展的樓梯上
頂樓是我家，我穿過那鐵門
在夢裡我無法關上它
在夢裡那門被人卸下來
讓我們孤立在冷風裡
父親坐在房間裡不說話
電視裡飄著雪花，陽台門
大開著，迎著雨，在夢裡
我不斷去關窗，桌上散落書稿

我每天上學，我上了無數學
一切都經過那個垃圾堆

我從垃圾堆出發去上學
我記得它養育了無數微生物
那時人們不用垃圾袋
想象它的生機勃勃和濕漉漉
一個扛著鏟子的人時而
從裡面挖出東西，人們就這樣生活
在夢裡，那垃圾堆被
幾位少女的魔法擋在一片
閃光後面，少女遞給我鮮花
一陣激動中，鮮花跌落
一陣噼噼啪啪將我
從夢中驚醒，底樓那黑乎乎
永遠上鎖的倉庫突然打開
一個亮堂堂的餐館
樓上樓下的鄰居們沉迷在
難以述說的時代氛圍裡

他們吃，他們喝，熱氣騰騰
已經消失的人張大嘴
拿起筷子做出吃飯姿勢
我已經飽了，我去上學了

每天我從那裡出發去學校
如果下雨我就在樓道裡
一個人玩足球，雨聲很響
母親在同一棟樓的一間
辦公室裡埋頭算賬，我極少
去找她，除非忘了鑰匙
父親在郊區工廠裡
指導人們大煉鋼鐵，他也
在霧裡坐同樣的車上下班
那時很多工廠子弟在城裡上學
我忘了今天是什麼日子

我對著牆一遍遍把球
踢出去，彈回來，踢出去
大汗淋灕如外面的雨，如
一切記憶中遏制不住的
痛失家園的淚水，什麼被失去
我夢著那個女孩，另一個
另一個，不斷修改的臉
我的自我意識是一場陰冷的雨

我夢見一群馬踏過
一遍遍走過的石板路
那天清晨我照例走出大門
來到霧氣籠罩的街，一個
聲音不停地播放，請全體哀悼
學校裡所有人起立
那是一九九七年，一年後

我離開了那裡

然後整棟樓消失了，霧氣消散

回憶

它發生時，我大約十歲
它是在電視上發生的
那時信號很差，電視裡
飄著雪花，被拍打
新聞時間，父母守著電視
表情嚴肅，有點反常
那是我的時間段
看完動畫片我才上床
我大哭，我要看動畫片
十歲的我認為雅典娜
是我的女神，我要保護她
十歲的我每晚期待
頭上插天線的馬丁叔叔
會從外星球來看我
而我長大以後會成為
一片漆黑的夜晚，一個星空

屋裡除了那張綠桌子
我什麼也記不得
我們每天圍著那張桌子
熱騰騰的飯菜
十歲的我，能理解發生的嗎？

電視裡有人說話，一個女人
說著一些英勇事跡
遠不如動畫片裡一個人
一拳把一個人打入
另一個時空那樣美妙
那女人接著播放
一些混亂畫面，臉上
飄著雪花，大家神情緊張
那時還沒有下崗
野火還沒燒到這裡

我又提到動畫片，被噓了
小孩能懂什麼？小孩
最好早點睡覺，去夢裡吧
父親大手一揮，我心裡
惦著那英勇事跡，我看到
一些人捂著肚子，好像
有什麼東西掉出來
頭暈，惡心

它發生時，我大約十歲
清晨的霧氣太濃
我幾乎上學迷路
一個可愛的身影
在霧裡，我要尋找
雅典娜，她在我前方
學校廣播裡說著

一些英勇事跡

我攥緊拳頭，我記不清

是不是那天在洗拖把時

我掉進一個大水池

大家哄笑著把我撈出來

我全身冰冷地回家

打開電視，我看見一些人

爬上那些車，跌下來

那些車，那些人，那些臉

十歲那年，我全身冰冷

站在一片火焰前

當我從過於明亮的光裡回來

一些不那麼明亮的光讓我睜開眼
一段段不那麼閃亮的記憶
一個個不那麼響亮的名字
一陣陣白煙
一條條，一朵朵
哀悼大過心死？我看見哀悼
穿著最閃亮的衣服

無法命名的情緒落入罐子，一滴滴
一杯杯漫遊的酒，沾濕
無法辨認的唇
一圈圈白煙
一行行，一隊隊
親吻
哀悼大過心死？我看見心死
穿著最美麗的衣服

心死的人，看見充滿邊界的事物
如灰的事物，看見充滿邊界的人
哦，死神的花園雜草叢生！
我種下玫瑰和心
一朵朵，一片片
我以量詞一個個，澆灌它們
哀和心死
脫下不那麼明亮的衣服躲入花園

我從過於明亮的光裡回來，帶著
無可回避的視線
我看見一間間不太像陰間的屋子裡
一個個不那麼人性的，交換
手裡的花環，他們散發一種
減弱的衍射的

一絲絲、一粒粒，一些不那麼連續的間隔和不那麼間隔的連續

我走在自己的花園

我夢見他躺在地上

我夢見他躺在地上
腹部中了兩槍
他曾來我的房間
討論一個項目

我在隔壁，外面下雨
屋檐停一隻黑鳥
那計劃躺在雨中
我夢見那只黑鳥

啄他面龐，我擔心
他很快變盲
我看見他躺在庭院
腹部中了兩槍

紅黑色的雨水
浸濕手中的圖紙
一座彎曲的大橋
連接他的村莊與來世

躺於無邊的平靜
雨聲安詳
還有一顆子彈
錯過他嘴角的微笑

我沒有看見任何人
出入這賓館
我的記憶只有瞬間
我的記憶只有一秒

他躺在雨裡

如躺在夢裡

記憶中的庭院很深

而被雨記住的只有一秒

無人之城

你的城，我的城，無人的城
無人的城裡黑煙冒
無人的城裡白煙飄
無人的城裡唱著我們什麼也不是之歌

什麼也不是，名字也沒有
反正名字也要死
反正草總歸是草
反正名字不會自己撥亂反正

哦，燒旺這砂礫，這荒地
燒旺未知的人性
無人的城裡白雲飄
無人的城裡黑煙冒

黑煙大哭：

我們不想做歷史的肥料

有了您，歷史才能開花

有了您，歷史才有養料

知道嗎，您很重要

和空氣一樣，和水一樣

和電一樣，和煤一樣

和每秒一萬次脈衝的神經元一樣

老張進了火葬場，老王幫忙

給他包裹好，一個靈魂

都沒往外冒，一個靈魂

都沒往外飄，結結實實

黑煙大哭：

是不是把自己裹結實了就可以走了

是不是把自己洗乾淨了就可以走了

是不是把自己割掉舌頭就可以走了

我的城，你的城，無人的城

一個符號讓它消失，一個符號

讓它重現，閃爍，重現

您可以走了，請帶好已焚證

在一條中斷的河流裡

我前面的河在流
身後的也在流
我是一場中斷，我也在流
兩段方圓互異的歷史之間
魚蝦自在游動
我轉動閘門
朱紅、白堊、霉綠
一股股語言噴射
這河只是表面在流
那下面深處
有一場停頓，沒人
注意與周邊水域
如此透明而黑暗的隔離
我在這裡中斷
這裡有我的水紋史
繞圈史，這裡

淤積著上上上個世紀
為一場轉向而投下的石頭
我轉動挖掘機
鑿開這些石頭
這河轉許多彎也沒有
真正轉向
大海是它最後的歸宿
我要去大海，前面的河
在流，身後的
也在流，不捨晝夜
河面聚滿即將淹沒大地的
截斷之流

當錯誤的力量喚醒我

我就錯誤地走上幾公里
為打消一個關於耶路撒冷的念頭

它該被還給上帝
繞著它的城牆，世紀轉圈

錯誤的中間，一個個敞開變化的房間
每個念頭回不到原處

越走越遠的我，禁不住想
耶路撒冷也是個錯誤

布穀，布穀
我腦子裡飛出又冷又黑的烏鴉

當錯誤的力量喚醒
我就朝向耶路撒冷禱告

眼內射擊已開始，禱詞重疊
耶路撒冷的石頭
又冷又黑

今天

什麼也做不了，世界流動
一片水，一片火
相互熄滅了

什麼也說不出，眼淚奔流
一個原子
點不燃另一個

夜慢流動，板凳開花

什麼也做不了，無語奔流
一個人
瘋狂踏碎
自己的影子

什麼也說不出，哼哼

哈哈

夜幔流動，板凳

開花

一個清晨，一個夜晚

曾出現

在你我之間

明天

好一片盛開的廢墟
你來做它的主人

你，未來的主人，投入
不眠的眼
你來，我來

熄滅無淚的眼
無力的光

廢墟嘶啞：建造我
刪除我，填埋我，熄滅我

冷雨垂落

最後的落葉風中旋轉

未來的火焰

地面閃爍

手持玫瑰的人把花放在石頭上

世界大同

雨中疾走

一片肥沃的廢墟

等待

未來的主人

III 光芒的旅行

光的速寫

——給 X.M.

白光

偶爾有紅光、橙光、藍光進入這房間，白天大部分時候，充滿它的是白光。

從離這兒很遠的太陽，從宇宙深處。許多光的渦流摻雜在一起，反而讓我看不見它們。白光遮住很多兄弟姐妹。

它們安靜地遇到一棵樹，穿透它，灼燒它的根。

它們追逐、嬉戲、齊頭並進，在牆上扮一個影子，一個鬼臉。

它們總可以從另一個方向，從無數方向穿透這牆。角落裡也有光的衛兵，暗自發紅，逃離。它們上上下下撫摸這牆。

我看不見它們，一個還是多個，一起還是先後，瞬間還是延遲。白光一陣大笑，張嘴吞下我的悔恨。

眼睛毫不畏縮於白晝，唯獨在正午，人們凝視大海，避開高處的閃耀。那白光適時把自己寫在水面上。

那深處必有一次強有力的湧動，否則這些時間的矮人如何能趕到這裡？什麼驅使它們哪怕在夜裡也要瘋狂趕路？它們在哪裡睡覺？在瞳孔裡？

又一次，白光在鏡子裡欣賞它的面龐。它落在鐘面上，它很高興自己走在時間的前方。

紅光

那是真理世界發出的光，從遙遠的大地來，極少從太陽。下午5點，它從地平線射上對面的牆，電影開場前人頭攢動。很快，燈熄滅，觀眾就位。

只見一個球體在燃燒，高懸水面。真理飛上去，與夕陽混合，一個混合夕陽在燃燒。它轉動，搖晃原子分子，掉落高溫光渣。

那之下，一千個敞開的腦礦，一萬個末日勞工，十萬個連接軸，它們撿起那些光，放入腦爐，繼續燃燒。煤黑的眼睛望向混合夕陽。

它轉動，時亮時暗，它在觀眾臉上映出一些結構，一些爐火般的未來。

然後是一片森林在燃燒，鳥兒嘰嘰喳喳躍上烤架，野獸一邊奔走，一邊化作殘骸。雨神坐在雲端看地上火光一片。關於即將到來的事物，人類還沒準備好，遠未準備好，超乎任何準備。雨神看了一個世紀左右就飛走了，坐著阿茲特克號。

然後世界變換著光芒，白光，紅光，藍光，灰光，死光。現在，它進入晚期聚變，持續一億年。

星星點點的紅光在巨大的沉默中消失，漂移出那一幕就難以再捕捉。

橙光

這是陪伴我最久的光芒，日出後很長一段時間，日落後很長一段時間，它與我同在。每當天空澄明時，我就張開翅膀，沐浴這種光。

較少象徵意義，較少意義，較少神祕，較少任何東西。較多在場，較多暖意，較多流溢，一切都較多。插上橙色電能，這房間變成宇宙角落裡的一個小家。

清晨，兩個球體之間，一個沐浴於另一個的光芒。光與樹、牆構成邊緣明亮的圖案，兩個人相互摩挲的幾何浪漫史。

一些大師在牆上鑿了各種洞，讓橙光在封閉空間內交錯。神是最初的幾何，最初的愛欲，他在牆上微笑。

我還是沒能說出橙光對我做了什麼，讓我無言以對。它大大方方地落在敞開的書上，令每個字散發光輝。它無手指地攪動我的生活，在消失後降臨，沒有年齡，沒有性別，沒有臉、頭髮、指甲、皮屑、眼鏡。

它不是一個人，不是任何東西，它以自身溫暖我，從未離開過。

這橙色光芒無論如何都是一種邀約著的將我整個人如果核包裹在內的溫暖閃爍的星際果實。

藍光

極少見到，極少感到，無眠的冥想之光，總與天空混合。它不從任何藍色物質來，太陽在地平線下或山背後時，這光就從暗黑天穹裡隱透而來。天上有大魚在游，看得見它的黑脊背。

為什麼天空是藍的？因為它曾經是水，它是水被上下分開的結果。地球：一顆冥想水球，早被這光充滿。神看它，可能也如此。

藍光與維度、超驗、調性直接相連。置身藍光，我立刻安靜無欲，與物為一，低溫運行。藍光保證我精神的健全和情感的穩定。心靈螢幕此刻釋放靜電，自行修復。

然而這深處的光讓人不安，有精神分裂傾向。被靛藍化後，很多人變狂躁，他們想象自己的血液也是藍的：「這孩子的眼睛真藍啊」，意思是，「這孩子肯定瘋了」。

在夢裡，我曾坐地鐵經過一棵樹，它枝幹巨大如一座城市，上面掛滿巢穴、飛鳥和人，飄搖升向暗黑天空。一顆天空之樹，在地底。那時，地鐵上的人都夢見它，環繞它很多圈。

後來我醒了，窗外的山還未破曉。想象世界的那個人，還未打破他的沉思。

綠光

超自然之光，不連續存在。在北極或地下礦脈，它波動。在某些島嶼附近，它波動，在極深的水洞裡，它波動。

人眼無法讀取一千片葉子的細微浮動，遠遠地，那些綠光點匯成一棵樹。走近後，樹就消失了。

傳說去綠光裡的人不會回來，去藍光、黃光、紫光裡的人都轉世了。他們從不同膚色再次進入世界，出生時嘴裡有鈷，有鐵，有銅的味道。

綠光，我只見過一次。在一個南方夏日，一道綠波從牆上快速經過，不像自然物，那均勻的波提示，你在想什麼，他們也許知道。

某些發光物經常造訪人類，它們瞬間穿過樹葉和人影，來去無蹤。誰也不知道那是什麼，它們與自然光格格不入，或許，沒什麼是自然的。精神的反光作用。

彼岸之光，既藍又綠，如紅如紫。一條綠光裡的河流，一隻射向人世的彩光之眼，淡綠，草綠，墨綠。另一片草坪，另一匹藍影子飛奔。

我躺在綠光裡像中了毒，夜晚合不上我的眼。

灰光

灰藍的天空，雨雲密布，一縷灰光透過，落在黑樹幹上。

大自然裡很難見到它。在光之內濾掉一切活潑強烈的元素，純淨均勻的灰光才從雲間薄薄地射來。

灰白，灰黑，灰藍，無意識中灰光成為許多光的基礎。不可切分，無明無暗，無增減，接近於無。

它低調地走在成熟的光路上，遇見誰也不脫帽致意，一個年輕的老人。灰光的心裡有許多矮人忙碌著，擦亮它的灰暗。

我愛這光，它不閃爍，不給我希望，不愉悅我也不讓我難過。灰光逃避興趣，遠離引誘，惟獨富有思想，如大腦灰白質。

我行在這灰光裡如行在死蔭的幽谷我不害怕它裡面有什麼或什麼也沒有我害怕它把我也思考成銀灰。

有些人和事物往往發出這光，如最後之人或至高者。一個人的陰霾綿延數公里——車窗內，他們的臉嘀嗒、嘀嗒，難以接近。你站在那裡，你對面一個虛無張開，你飛進去，記憶如窗外風景，大面積撤退。

灰光懸在田野上，撲動翅膀。

當別的光都燃盡，宇宙裡可能就剩下它，直到變成最後一種光——死光。

死光

我在朋友的文本裡見過這光，它環繞「我們」。可以說，它是一種總體之光。

死光聚合了白光的高光度，紅光的灼燒度，橙光的親切感，藍光的心靈屬性，綠光的毒化，灰光的金屬性。

在夏加爾和克利的畫裡，我見過死光。這光曾讓許多詩人和藝術家活著，他們早上醒來，彷彿從另一個世界歸來，手心握著砂礫，嘴裡有碎玻璃。

死光從十字架射向人類，一個神在蠕動！帷幕撕裂，大地變換磁場。那些翅膀落下來當即殺死三分之一的人，三分之一的河流苦澀。

被它輻射過的人頭髮稀少，亢奮，手持幾輪太陽，四處劈砍，死光在他們體內與劈砍總值同比例增長。

沒錯，一千個太陽的亮度，沒錯，直接歸零，歸負數，歸無理數，省去一切建造。沒錯，當時我們就這樣乾過，非常漂亮，我告訴你，死光非常漂亮！後來一切都安靜了，風在吹，草在動，魚在游。存在一下子正常了許多。

哦，沒有光是好的，沒有晝夜更好，沒有天空和大地再好不過了，沒有星球也不失去什麼，什麼也沒有就最好。無，死光早已在額內抵達這個點。

事就這樣成了，死光滿意自己冒煙的創作，它看一切是好的。這是第一日。

屬於光的，光要將它收回。

熱帆

他採著太陽動能出發了。他踩著太陽能自行車。

帆鼓起來，光和熱全力開動。大海泛起泡沫，一片寂靜，過去與未來無方向地延伸。他不年輕也不老，不左也不右，不上不下。好有力量的時間！

光—黑暗，黑暗—光，光—黑暗，他無方向地行駛，踩著踏板，適應了光暗。熱帆帶他穿過一個個看不見的光錐，錐內時間讓他耳鳴。

靠近／遠離太陽，遠離／靠近時間。宇宙射線激起無水之浪。護目鏡壓力增大，臉呈溝壑狀。帆還算平穩，他打算去光錐外面看看。

外面有什麼？一些看得見但摸不著、看不見也摸不著、摸得著但看不見的形體。他眯起眼看見許多光點在太陽周圍跳舞，這些史前人掌握了穿越未來的技術，他們所有文明在於駛向太陽。太陽一會兒變大，一會兒變長，像跑道。

彩光在熱帆上映出一張張臉，如城市大屏幕。他認識這些臉，他必須穿越這個幻象。臉記錄的是一種虛假的時間，不斷疊加的時間。

光，因果，哪個更快？超因果地思考光，超光速地思考因果，超時間地思考時間。風穩定勻速地吹動帆，風只朝一個方向吹，朝黑暗方向吹。光—黑暗，黑暗—光，光—黑暗。

他靠近太陽系邊緣，踩著太陽最後的動能，吹著口哨。

太陽

也只有我們能適應太陽的本地氣候
只有這個太陽是我們的，別的太陽有別的領地
只有我們能長年凝視這宇宙啞劇而不爆發黑色笑聲
只有我們既是演員又是觀眾又是機械降神，很好
太陽艱難地射進康德的腦殼，照不亮他，很好
太陽暖和我的血脈，提起我的腳踝
如受傷的阿基琉斯，我在太陽影子裡倒立
太陽說，我無色，無欲，我給你們諸多慾望
在無色無欲中，沒有什麼是新的，沒有什麼是舊的
太陽說你也不是新的，你乃精神的一次反光，一個影子
嘿太陽，你擠滿那麼多黑子你累不累
那麼多意義，你每天都噴那麼多
嘿太陽，你一生中最驕傲的時刻是什麼
和拉神還是阿神巡遊，我看見你們的船底在天空上
太陽，別試圖影響我的意識和形態，把我變成
活力論者或太陽論者，我乃是無機化的律師

我不進行光合作用，化合作用，綜合作用

嘿太陽，別把鼻子伸進我的負象限

停止一切大小一切尺寸一切有影響力的觀點

太陽，停止寫作，停止創作，停止一切

毫無目的毫無對象毫無作用的非法噴射

太陽，洗一洗你發黃的底褲吧

來一場宇宙級大雨，洗洗你在地上的影子

哦這些向光的地表作物，這些大面積寫作！

太陽，救救他們

救救他們不斷撤退的髮際線，底線，康德線

太陽，我聽不見你，你的燃燒被割喉

只有你適合我們，無聲的你，別的太陽烤焦了同一性

夢想

烤焦性，夢想，同一

太陽住滿黑（色的孩）子很擁擠

太陽

住滿我們很擁擠

太陽噼啪，什麼也聽不見，這裡一片安靜

月亮

野狼喜歡你，郊狼喜歡你，毒蛇猛獸喜歡你
你是它們的女王
平息那些血吧，還在流，流入開裂的大地
平息一切被太陽激活的東西
平息我，這加減乘除，頭腦風暴
你的一加一不等於二，我喜歡你
你的陰晴圓缺是一種更高變化，幸福的人似乎懂
你的領地有另一種秩序，環繞的藝術
在樹林裡，枝葉上，沙沙聲裡，門廳裡
我要走向你，月亮河，我要一直走，走到月亮城
走入康佩內拉的另一個夢
月亮，夢裡的幽光，我唯一不能幽會的情人
人類夜間活動的觀察者，《月亮時報》每夜頭條是什麼？
「總統私生活」，「一條關於衛生的建議」，「論自殺
的十三種優勢」
月亮，你這陰暗主義者，你對當前局勢怎麼看？

行星撞擊記憶，你腦子裡滿是灰燼和塵埃
回聲，撞擊，回聲，撞擊
我喜歡你把一切帶向塵埃的執念，你的遠古式睡眠
月亮，已涅槃的星球，對我們說話吧
如果我們是你已經歷的階段，你想起什麼？
好好想，好好回憶我們，我們做過什麼，高舉過什麼
那塵埃之柱射向太空，在地上投下巨大影子
哎，這月亮精神分析令人頭疼，患者無意識零下一百度
月亮，我很難和你獨處，世界總闖入
世界，懂吧，該死，世界即你之外的一切
我總不能放棄這一切跟你飛升吧？
雖然我們之間有難以言明的關係
世界，哎，他誰也不是
我承認，你的銀色讓萬物沉落
我承認，一旦沉入你，我會銀色化
我會進入一個非世界

我承認，我更想和你，而不是和太陽，發生關係

和你，有時單純地在一起，像兩個小孩，你看我一眼，

我看你一眼

守著相互的祕密

你被地球鎖定，我被太陽，這引力鎖何時開裂

你曾經的水何時沸騰，你的地火

大地

遠處的水退去，大地浮現出來，無邊無際地面乾燥，太陽烘烤四十天，許多臉望向太陽。

大地瓦解著我，瓦解我的慾望，頂著太陽我感到飢渴，我生不出別的慾望，我的影子都在等著發芽。

我懷念這黑土地，它被踏出許多路，開放向時間的盡頭，思想的盡頭，它荒蕪著一片青春，它要主宰還未出生的我。

大地綠了，黃了，黑了，忍耐血的翻耕。

還沒有水來濕潤這地，沒有風來吹涼它，大地裂開，露出更深的慾望和泥土。我捧起泥土，以發黑的指關節。

大地綠了，紅了，紫了，忍耐鐵的翻耕。

迷失在地上的人們聚在山裡，倚樹築居，據說最後他們都長出翅膀，離開了大地。

父親、母親、兒女們，從大地上起來吧，離開你們的生活，未來的大地不再滋養，你們靈魂的根要種在別處。

大地的苦，大地的累，放下吧。

潛行者

背負黑暗，鏽蝕
布滿皮膚

與這廢墟一同古老
與燒焦的屍體

禿鷹

匍匐於綴滿頭顱的荒草
遠處有煙
遠處有風

遠處射來一道奇異的光
滿足願望

那房間在荒冢裡陰晴不定地下雨

野獸出沒的記憶，不可
擅自闖入
那房間

不可獨自
許下
與這廢墟
一同斑駁的願望
與燒焦的坦克
一同永恆

那房間在荒冢裡，陰晴不定地下雨
它的四季是虹膜的色彩

沉睡者

世界以減弱的分貝從他耳朵撤離
直到他被放入一個容器一樣的東西
眼睛泡在引致疲勞的液體裡
沒有記憶的睡眠，沒有痕跡的夢

他還不想掙扎出這四面的玻璃
透明的蓋子保護他的睡眠
他睡著後某樣東西前來環繞
彩帶、煙霧、變幻莫測的形體

一些減弱的歷史呼嘯而過
如到站的火車拼命擠壓眼前空氣
他的眼皮動了幾下，這意味著
他夢裡要去的地方沒有任何目的

他躺臥其中的液體決定他的潛意識
他思維的高度不會超過這容器
外面一根根臍帶輸送製造幻覺的養料
讓他一個夢一個夢做著卻不留下

任何一個哪怕是粘貼起來的遠景
他的履歷裡突然出現一行字
「他夢見了外界沒有的東西」
「保持供給，看他還有什麼反應」

他能有什麼反應除了繼續抽動眼皮
藥理學解釋了荷爾蒙的分泌
他以幾乎癱瘓的章魚肢體
在控制論的海洋裡掀起一場風暴

刺激量解釋了夢的構成與強度
弗洛伊德驕傲地完成巴普洛夫
如果在白日殘餘中輸入童年的反像
沉睡者會不會有革命性反應

其實無論內部還是外界的改變
都不足以讓大腦脫離快樂的假設
已去魅的部分回到日常的灰白
但不排除感染得手舞足蹈的危險

只要刺激的給予超過階級水平
他就會在夢裡睜開並不存在的眼睛
此時他眼皮大開，瞳孔凍結
一股血從冰冷的腦際衝出

這是沉睡者最接近醒來的時刻
也是最深沉的夢的時刻，然後過多地
瀰漫於容器，污染散開
他最後如一個乾癟氣球躺在底部

在某個他記得不太清楚的夢裡
有一個反復出現的車站，他站在
青草覆蓋的站台上，他的行李很輕
一列火車正以逝去時的聲音駛來

這兒很安靜

我聽不見任何聲音
或海德格爾說的「良知的呼聲」

「砰砰」，我裝聽不見
「砰砰」，一隻鳥升起

有人在打獵，從畫面上看
一些鳥飛得太高了

它能越過鐵絲網嗎

「砰砰」，牆上出現一些洞

它流血了倒下來
一些記者圍上去，另一些

清理大街，這兒很安靜

「砰砰」，這一次石頭們
散落得整齊了

尋找者

他忘了把自己藏什麼地方
一張臉一張臉地找

這些臉都有不同程度的黑暗
他進去後一陣暈頭轉向

他發現這幽暗裡另一些人
也在尋找迷失的自己

「自我招領處」排起長隊

然而他沒有弄丟自己
只是一時藏起來了，沒想到

這隱藏散開無邊無際
這遺忘散開無邊無際

他也沒有遺忘自己，只是
藏到一個誰也找不到的地方

連他自己也找不到
最後他只能和另一些人一起

「我把自己忘在一個地方」
「形容一下這地方」

「一個不透明的地方」
「裡面能看見一切，外面什麼也看不見」

散落者

時間在異鄉人
口中顫動

含著石頭
漂入不同的夜

偶爾
在共同的黑暗裡

匆匆聚首

樹枝彎曲
鳥兒聚集

欲各自說破
這黑暗，這把我們

連為一體的

禁黑之詞

低亮度
指針

微閃在
波光粼粼的

順時針大海上

早睡者

夜裡沒什麼讓他醒著
一天完了他消失在減弱的意識裡

他已做好入眠的準備
夜裡沒什麼讓他不能入睡

如一個太陽能電池
無法在沒有光的地方工作

當外界刺激減到最低
他就自動進入休眠模式

他不儲存任何麻煩到明天
睡前清掉所有思想垃圾

也許這就是為什麼他總能早睡

且無需睡著後工作

例如做一個成功主義的夢
或發動一場革命

他不必早起以彌補多睡的時間
所以他臉色更紅潤了

沒什麼能動搖他對早睡的信念
醒著乃是靈魂對身體的拖延

他從不推延睡眠，正如他從不拖延時間
從不拖延身體不讓它

進入與夜晚一起降臨之物
他每次醒來後都面對一個新世界

大腦出現馬賽克的人

分裂在克林與斯頓之間
誰是真正的救主

你在等誰領導這無邊的起義
誰值得被解放

變大的蘋果威脅民主
分歧中一致，一致中分歧

隱祕和諧的古老遊戲

然而你不過是一個不斷更新的舊人
我認識你，穿知識長袍

你學會的不過是一些
關於天空和星象的積極詞彙

一個半完成的半人馬
馬的部分完成了，人的部分還不見影子

或者，你身上的人的部分還裸奔在常識生產線上

分裂在昨天與今天之間
誰是本真的存在

你在等誰解除你身上的年代絮亂
讓你在夜裡平靜下來

好好吃一頓飯，而不是動不動
就在想象中被發射到

西伯利亞和雅典之間的某個半夜下雪的地方
你思想上的每一處色斑

無一不見證你落入其中的暴力之維

一個擁抱自己末日的人

體內的星辰之災
血管歡唱原子之歌

命運變成一個圓
那中間是一隻翱翔的鷹

人類走過的一切路途
一切彎路，歧路

從尼安德特人到最後智人
的精神之路

在他身上匯聚成一條
向著大海奔騰的時間之河

他第一次毫無恐懼地站在
環形深淵上

雙臂張開，合攏

他飛行過的痕跡是久遠心靈裡
最初的慰藉

虛無主義者的一天

尼采。上午十點，世界，看上去是無價值了，眨眼睛的幸福。薩特。虛無是存在內核的一條蟲，它吞掉了皮埃爾，我的法國分身

許多東西還有價值——水仙，書，陽光——但世界不再有價值，它站在那裡，一個洞在閃耀，我試了試沒能跳進去

無價值之物充滿房間，充滿走廊，陽台，佔據大樓，街道，辦公室。無價值性是免費供應的暖氣，一些搓手的人在耳語

免費就是自由，自由的不需要條件，不需要條件的如愛一樣深不可測，一個深淵，讓許多價值墜落，讓許多太陽

上午十點，走出一場漫長的意識鬥爭，走在虛無主義的大街上，遇到無產階級和資產階級，他們向我問候，貴族避開了我

世界是一個花園，還是垃圾堆，這不可決定。赫拉克利特。主宰世界的是一群孩子，我們戰戰兢兢端著棋盤，戴著白手套

上午十點到下午三點，世界在一場巨大的忙碌中回歸為一場頭暈。哦，孩子們，為什麼在世的人，要麼太老，要麼太年輕

總有一半人睡覺，另一半工作，一半在影子裡，一半在光裡，然後一半與一半交替

上帝躲入一個語言不通的花苞，等著綻放

一個在思想裡鍛鍊身體的人

如果世界上一切問題是思想（或觀念）的問題，那麼答案首先應在頭腦裡算好，然後進行實踐，雖然事實並非如此。如果身體，如笛卡爾認為，由腦部發出的精氣驅動，那麼身體的不適經由頭腦體操得到舒緩，進而社會機體的不適經由頭腦傳遞到各個經脈的精氣得以舒緩。此時我們看到，五個集體俯臥撐就能松開整個粘連的社會肌肉，十個集體引體向上將激活全階層經脈，二十個集體仰臥起坐令億萬個朝九晚五細胞大汗淋灕，如泡了一場全民溫泉。當然，這一切首先應在思想的領域內發生。

在思想裡鍛鍊身體，無疑是鍛鍊的一種至高形式，也是在無人信仰觀念論（唯心主義）的時代重新召喚理念權能的至高方式。它的對象不再是飄忽不定的精神，而是一個個身體，赤裸身體，卑賤身體，惰性身體。由於身體的某種錯誤反作用力，向大腦發送一個指令，大腦反射它，然後它沿全身脈絡傳遞，激起細胞間的協同運動。這時我們看到，一個極少鍛鍊身體的人突然在房間裡跳躍不止，或在地板上起伏不已，惰性身體瞬間改變軌道、速度與曲線。身體需要的改變，被認為從精神那裡發出，正如個人需要的改變，被認為從社會那裡發出。

任何鍛鍊的目的，是讓精神有一個更好的形式，有了更好的形式，身體各部分就能生出更多的身體，進而思想各部分能生出更多的思想。就連最頑固的物質論者也承認，並不是所有東西都是物質，好比並非所有女人都是身體的生產者。在某些特殊社會，在某些精神完全封閉身體的黑洞式社會，身體之生產由頭腦從某個高度全權掌控。此時我們看到，為了製造一些身體，思想必然攪碎另一些身體。在此，身體純粹是觀念的一個循環破壞物，它在黑窯洞裡如一個不斷被打氣、放氣的破皮球。

其實思想鍛鍊的真正目的，在於給這身體皮球充氣，打磨它，使它紅潤鼓脹。在思想裡鍛鍊，乃是從內部鍛鍊——鍛鍊皮球在無氧、無水、無任何營養狀態下的彈跳能力。哦，思想的大漠裡孤煙很直，適合身體的馬車馳騁千里。放大畫面，駕車的好像不是柏拉圖，而是一個戴帽子的馬車夫，他手裡握著「十個孩子十張嘴」的鞭子。這馬車從日出奔向日落，生活的原野上馬蹄嘚嘚，雞犬相聞。一匹男人和一匹女人揚起前蹄，爭先奔向一輪鮮紅落日。這無疑是身體在思想中被鍛鍊到極致的一種形式，馬身上所有傷口都被精神的強力膠粘好，一邊鼓脹，一邊粘合。這兩匹馬的身體什麼時候破裂，恐怕只有手持調色板的畫家本人才知道，他畫了很多幅都沒問題。

譯者的任務

一部真正的譯作
是透明的【一部半譯作
是半透明的】，它不會
【也許會】遮蔽原作，不會
【也許會】擋住
【如一隻暗黑之手】
原作【這枚艱難的太陽】
的光芒

讓純粹語言
【神的語言、命名的語言
亞當的語言、一下子擊中
事物要害的痛苦的音節
一隻說出來就無法打碎的
花瓶，灰熊的嘶吼，大地的囈語
森林的哭泣，虛擬權力】

被自身媒介強化後
【多少被靈媒弄黑的詞
多少跳水的句式
走在語言途中的
迷狂之眼】
更充分地照耀在原作上
【我的語言一直黑著，一直閃爍
插不穩那通順的小旗，原作的光
刺瞎了我】

因此有必要直譯
【是的，像直腸癌那麼直】
在直譯中【也即在
直腸癌晚期中】
最基本的要素是詞語
【又一次顯示命名的權力

貓，是貓的要素

有些動詞例如飛

怎麼也做不出來，這個動詞

在人類這裡沒有對應】

而不是句子

【於是有牆和拱廊的區別，這得益於

本雅明先生長期在巴黎櫥窗購物的體驗

他對晚期資本主義的診斷

來的像癌症一樣晚

無論是牆還是拱廊還是關於麵包的純粹語言

很快都化成灰燼】

結論是，一切偉大文本

【沙漠文本，水的文本，歷史文本，血的文本

《聖經》，波德萊爾】

都在字裡行間【方寸之間

呼吸，呼吸，拯救那靈光，那果實】
包含著它潛在的譯文【注意，你的翻譯
不再包含可譯性，你的詞語
布滿褶皺】
這在神聖文本中具有最高的
【因此也是不斷轉譯的流淌的新柏拉圖式的
從一個看不見的中心噴射向我們這
無—核時代的】
真實性

康德變奏

因此，對道德律的尊敬

【康德和薩德】

是唯一且無可爭辯的

【唯一其實是可以爭辯的】

道德動機，而且

【道和德是兩個東西】

這種情感也不指向任何客體

【無客體的情感是什麼樣的】

除非在此法則基礎上

因此，被祛除了一切

【連皮帶肉】

與趣好愛的道德動機是

【我熱愛游泳】

一個不純粹的動機

【和午後漫步】

在它基礎上，道德情感

【以及一切失去基礎的東西】

所指向的客體會出現

【這一句並非出自康德】

可笑的偏差

或者愛鄰如己

【以剃刀削土豆】

理性的呼聲使得最大膽的惡徒

【康德的惡徒都是好人】

也感到戰慄，康德明顯沒有

【有人已經建議了】

讀過拉康和康拉德

如果這種尊敬的情感是病理性的

【進康德醫院吧】

如果你在履行責任時

【殺死一朵花吧】

有任何不悅的情感

【我有權保持不悅】

那你就幾乎是一個病人

【康德看他自己以外的人都是病人】

如果你的感官愉悅於道德律

【這在德國人那裡時有發生】

那康德認為你本質上

【在康德醫院裡康復已不可能】

是個道德狂人

我很想知道康德

【和他同時代的人】

一生中有幾次夢見過月亮

【迷狂過幾次】

他如此迷戀一個穩定不變的東西

【黑格爾夢見月亮了】

並要求我們在實踐理性批判裡

【溶化一切的王水】

揭示自由與法則的關係

也即自由的服從

【請注意這個矛盾說法】

它揭示了康德倫理學

【人類突然從情感的過於漫長的病假中恢復

開始熱愛命令，感到難以遏制的崇高化】

注意：一切出自法則

本身而不是對某個東西的喜愛和好感

一個建築學幻想

上層建築是從什麼時候開始搖晃的，我記不太清。當時我要麼在廚房切東西，要麼在文本實驗室連接詞語。外面，麻雀落上樹枝，工人們在地裡乾活，一層灰光鋪在房子和街道上，一輛橙色貨車經過。一切真實之物、堅實之物各就各位，一切沐浴清晨之光。我瞄了上層建築一眼，它還在那裡，在雲裡莊嚴漂浮。我不相信此時鳥兒全部飛起來，老鼠全部竄出來，野獸全體奔走。我不相信高空能落下那麼多石頭，砸碎所有鳥蛋，掩埋一切地面結構。總之，我不相信一些東西撕裂之後會再合攏，如經上說的那樣。然而據目擊者報道，接近雲端的上層建築已經搖搖欲墜，他們說這與它的基礎有關，或與地殼、洋流有關，或與世界經濟有關。有人目睹了那些建築左右搖晃，像在跳舞。有人看見地平線上死光頻發，有人直指向大地裂口。我還是不信，因為長久以來，人們認為上層建築不可能倒塌，它乃建立在雲一般的基礎上，它是個空中之城，國王和大臣們住在那城堡裡，通過一個遙控器與地面相連，管理地上的田地和子民。

本質上看，上層建築與地面是一種非物質性關係，指令與接受指令的關係，一種神祕關係，所以當目擊者說上層建築在搖晃時，我，以及其他很多人，都認為那是高空氣流的影響。上層建築非常結實且先進，能經受一切閃電、颱風，地面震動對它無影響。然而我們都錯了。當我再瞄它一眼時，就在幾秒鐘後，我看見那建築開始驚人地分崩離析，往下落石頭，大地上人們飛奔躲避，我手裡的胡蘿蔔也落下來。遠遠地，很多人被埋在自己家裡，外面一下子安靜了，然後有人大叫，天空中出現直升機、救援隊。很多人奔向那大坑，帶著毯子、眼淚、紅鼻頭，他們用手挖出埋在上層建築底下的親人。據救援隊說，那些建築是由一種特別的黑岩石做成，質量極大，好像被某種射線輻射過，接觸它的人會失去部分記憶，所以人們挖掘時都戴著厚厚的手套。但我還是不相信著名的上層建築會搖晃乃至倒塌，我又瞄了它一眼，它還浮在雲裡，一個八面體，莊嚴而厚實的樣子。

最年輕的一天

呼喊另一種時間的到來，大聲地
把時間分開的時間已到來，大聲地
說出你想要的，都會實現
永恆之輪再次飛掠大地，那輪子中間
一扇門，一本書，一個意象打開
一個圓盤躍出，散發金光
讓混沌到來，讓大面積的未來
讓未來從一個沒有雲的地方來
讓它一夜之間來，如經上的小偷
讓它站在門口瑟瑟發抖，讓它站著
讓虛無到來，讓歷史到來，統統站著
讓希羅多德，修昔底德們來
讓最羞澀的演說家，最綠的天才來到我們中間
讓喊出一半的口號來，阿門
讓半身不遂的先知來，阿門
讓被針眼擋回去的駱駝們來，阿門

讓風暴之眼，旋渦之眼，時間之眼
讓烏雲雷電，讓孕育著未來之曙光的
高空精神放電現象到來，阿門
讓南方北方東方西方，讓這星球上
轉來轉去找不到一本書可以躲進去的人到來
讓大火來，無明之火燒過房間
讓天上的火，水中的火，書中的火，心中的火
一切不點自燃之物都來
拆散時間這根線，國家這根線
格林威治子午線，一切線彎成一個圓
讓這圓跳舞，讓它允諾的到來
讓最年輕的一天照耀已被分開的時間
讓短暫之物踏上乾燥的地面

IV 大地之外

瞬間

時間矩陣裡
前面的我突然轉過身
一連串我的意象
序列裡紛紛轉身
以前我只見過難以相認的後背
此刻無數張臉瞬間穿過我
我大喊，告訴我
時間矩陣在天黑前的所有變數
前面的我做一個手勢，如十字，又如蓮花
他是約翰，彼得，還是保羅
他要我踏上前面水一般的路途
他眼裡有火，有雨
一瞬間，我被點燃
我沒被點燃，我在原地，我仍是我，濕漉漉的
我要在下一個靈魂裡與他相遇，與我
那時他會告訴我

瞬間裡

所有祕密

等待

主還沒有來
一些別的人在街上徘徊
他們是否認識主，我不知道
他們踩著落葉很響
主說，我要去很遠的地方
那兒有食物，有水
幾天後我就回來，告訴你們
那邊的消息
我們就這樣等著，一些陽光
折斷在地上
主去了多久，我們算著
一些春光，一些秋日
一些人長出鬍子扎女人的臉
一些人升到半空
另一些人把手伸進石頭
主還沒有來

不認識主的越來越包圍我們

我們害怕日頭昏暗，他永不回來

他的孩子在野地裡長大，和他一樣

我們等著主，等日子穿過針眼

很多針落在地上，晃眼，滿屋子銀色

簾幕突然掀開

他出現在我們中間，裝得滿滿的布袋

如第一次走入這世界

忍耐

你突然出現在這裡，你的
睫毛掛著露珠，你在夜裡
走過的曠野都破曉了吧
那是一首歌，草原唱著
你的聲音還那麼低，床和油燈
豎起耳朵，床板嘎吱
你坐在中間，白光環繞你
你說我來，不是解放你們的肉體
肉體將腐爛，如桌上的水果
我來，是為了你們的靈魂
為了只有蠟燭才能看見的黑暗
我要你們帶上蠟燭，去一個
很遠的地方，那裡有
一個大山洞，你們要在裡面住著
等這世代的終結。我們
收拾行李，關上門，牛羊

跟著我們，一些黑暗，一些

星光跟著我們

來到一個巨大溝壑的邊緣

一塊大石頭挪開，滴水的岩壁裡

有公牛，蜥蜴，奇怪的鳥

我們中的一半倒下睡著了

他們夢見堆滿羽毛的天堂

你說，你們要在這裡等待，我會再來

帶來世界的消息

彌留

（1）

——你眼裡的仇恨
看見了

你夢見心印之外
還有一個心印，那中間有一張臉

你不願在過白的光裡睡去
過白的影子，不朽的喉音

你不願睡在過於深沉的睡眠裡
人們談吐著醒來，藍天

時而布滿雲，沒有一隻
眼睛和你一起下雨

和石頭一起上山吧
滾啊滾，到了高處，海的鏡子裡
世界閃爍

——你眼裡的喜悅
看見了

你夢見輪回之外
還有一個輪回，那中間有一隻手

留在這裡，看這雨飄入
已逝者的窗櫺

（II）

一輛靈車駛在夜的邊緣
這車有靈，隨意翻滾

在世界邊緣，怎麼也落不下去
裡面的人像喝醉了

一路都沒有下車的，它很安穩
隨意翻滾，司機是一個

左撇子，他撥弄那盤子
向左向右經過漆黑的山洞

燈火明亮的車窗，燈火明亮的廣場
螢火蟲飄過來圍住車窗

遮住夜的邊界，好多來自
未來世界的問候——

過了這山頭，夜迅速合攏，淙淙流水
從車頂洩下，一艘靈船

在大海裡翻滾，魚肚子
游過來，一隻隻瞪大的眼

在時空中繼續翻滾，閃電不怕
暴雨不怕，繼續翻滾

打開這漂流瓶，白煙
會冒出來向你問候，封上它

一輛靈車把自己翻滾得通體透明

波浪

沒有目的，沒有方向
深處一次湧動，一次震顫
沒有心臟的大海
揮動白色面紗
一些陌生人被沖上岸
他們飛去最近的樹林變成花瓣
然後在夜裡又化成泥土
順著水流回到大海
沒有目的，沒有方向
一扇門，後面沒有靈魂在燃燒
一扇窗，目光在加劇
一次精神的日出，落在
玫瑰海上，一個充滿必要條件的人
身披白晝上岸
所有門都開著，但沒有一個進來

曠野之門

曠野裡一扇門在燃燒
你可以進來，那門說
太陽進入後變昏暗，短暫地
出現很多黑斑
那門並不變化，它周圍
飄動的蘆葦變換著火
我是一切差異轉化者，它笑著說
你可以試一試
經過我的不再無望於時間
一個希望進去了變得更圓
一個絕望進去了變得更方
一隻鳥飛來停在門上
你可以進來，那門說
我是一切變化中的不變者
燒荒者，翻耕者，我燒掉同一和差異的世界
我自行分配意義

你可以試一試，我永恆地在這裡

一隻眼，一個聲音

在曠野裡

經過我，你已在這裡

鏡深

一個鏡子有多深
在你面前我無法完整看見自己
我眯起眼
一個鏡頭能有多深
你試了試，向我舉手
我進入鏡子，在一個個映像裡轉身
越走越遠
這兒有一個彼得
那兒有一個保羅
一系列我舉著火把
在深處尋找真實的我
一個堅持被釘死的人說：
「父啊，我並不理解這世界
卻要為它赴死」
我把他取下來扛肩上
繼續走

一個在夢裡鍛鍊身體的人說：

「我要活過這荒謬的時代

通過引體向上」

我也把他取下來

接著是一些正在無意義化的事物

四下飄落

最後連差異的大海也湧過來

我向你求救

遙遠地看到你在雲端

舉起閃光燈

基輔的春天

哪一個春天會降臨這黑土地
廣場上的人們戴著鴿子色領結
跳灰燼之舞，一個煙頭邀請
一隻袖子，一頂軟呢帽
躬身向一隻高跟鞋，撲撲撲
死亡奏出最現代的音符，恰恰恰
這裡的天空是紫色的，深紅
像被歷史射穿的一頁
力量多次握手，多次撕裂
力量在高處爭奪一隻靴子
這裡的教堂住著一群受傷的神父
莫斯科的光頭遙遙看著他們
這裡的午夜，天空比別處明亮
天使比別處放更多的光，翻耕
更厚的骨泥，更多的神
面朝下倒在野地裡，在沉默的

希望的田野上，強健的淚水裡，哪一片
肥沃的黑土被這麼多鹽浸透
這麼多兄弟般的愛，十一月
結冰的路面，全世界的春天都在這裡

無題

有一個解，在思想的算術之外
非數字，一個接一個地解
界域問題，在無限之外，靈魂
相交非靈魂，大地計算
春耕時日，轉動
思想扭結，在有限之外，一個
男孩高舉金色圓盤，要求
非收藏性地加入播種者的隊伍
一個女孩出現在結論的頂端，要求
行使月亮的非生育權，非
收藏，一個解在大地之外的
隕石帶裡翻滾

人，就是那廢墟中的神

有神的地方就有鬥爭
神越多，鬥爭越多

場地越緊，越獻給
無始無終的善惡大戰

一個黑色面具
在巴格達，德黑蘭，耶路撒冷

戴上它，變成神的主人

變化著嘴型說話，元音不明

在廢墟的競技場
他鬥著不完美的這頭人

他的紅布總有血染

這些捏歪了的

和平色盲

上帝特工

他在自己的機構被監視
他的一舉一動被記錄，沒人知道
他有多少檔案，人們訓練他
讓他成為一個超級特工

他於是唱著歌放火燒了聖殿
夜裡擊殺頭胎栽贓給晚來的天使
教不識字的人游過大海建一個新的國家
一切軍事政變中有他飛燕的身影

他不在中央情報局的黑名單上
也不在任何官方記錄裡
聖經和某些書裡有他的傳說
但人們知道他的手法並非神聖

有人說他最後離開了機構
去一個小島上種植自由的果樹
也有人說他被自己人出賣
關在一個誰也不知道的地方

總之最近的事肯定不是他乾的
他不會墮落到如此地步
以至於教皇都譴責這樣的行為
但他的影子實在難以撇清

他消失後關於他的書一本接一本
有關他無關他的事一樁接一樁
這就是我們這個時代的故事
好壞總要一個他那樣的人負責

沙漠裡游泳的人不再擔心沉沒

「你應該回到你的沙漠，你如果在
人類中待太久，會忘了如何做人」

——萊辛《智者拿坦》

沙漠裡游泳的人不再擔心沉沒
一股顛簸的力將他托起，底下是
某種比生命更堅實的東西

在稱之為水的物質的匱乏中
他被圍困，但這風沙之戰
仍勝過溫柔之物的直接淹沒

生活，這風格的學徒，也從
一根枯枝的影子推斷時間
日落前搭好營寨，今夜未必就要沉沒

沙漠裡游泳的人得忍受比危險
更勝一籌的沒落，落日那邊傳來
沙漠裡游泳的人最擔心的沉沒

那是一首死亡的歌穿過沙漠之心
歌聲托著他經過地平線
在太陽消失之處躍入黑暗
沙漠裡游泳的人不再擔心沉沒

途中幻想

因地圖繪制失誤，他們
發現這片被水草與荊棘覆蓋的大陸
叢林暗箭擊穿單筒望眼鏡
一場遭遇永遠改變地貌

遮光板外面是西方已經墜落的夜
疲倦的人在屏幕上旅行
前往另一個時區，吃完最後一頓
社會主義早餐：麵包加黃油

幸存者終將降落，從冰川，從海牙
從日夜建設的沙漠，黑人
侃侃而談黑洞，白人與黃人
交換統治的藝術

有人假裝睡覺，有人進入夢鄉
有人戴上夜視鏡四處巡遊
航線高度下方：一片張開嘴的極寒
如果此時落下，瞬間凍成

空中標本，成為進化論證據
在未來某個時候，被配給充足的
探險家發現，解凍之後
告訴他這是晚上十點十分

疲倦以分子旅行，一粒一粒
把自己挪往另一時區，另一
戰區，地鐵裡裝滿游擊隊
從那裡出來，你將手持

一把雨傘，走入盛開的大廳

躺進那著名睡蓮的幽深湖底

模糊記得一個德國口音的女人

解放了佔領街頭的藝術

文字飢餓

在文字裡得到滿足
語言的沙丘
大海風乾後留下的
靠風力聚攏
類似於大海
千變萬化的蕩漾
一個文字的
先驗觀念論者，扼住
文字的咽喉
「字之為字」
充飢的字字珠璣
集各種思想飢餓於一身
期待有朝一日
所有書寫一起到來
徹底埋葬於
未寫下者的虛空

火的運算

火的N次冪＝火
火的變量還是火
火在火中間燃燒
火不知自身限度

最強大的無知者
純然顯現，歡笑者

火拉著火的手
放火燒了國界和墓碑
在我們中間發動戰爭
然後審判我們

最無知的強大者
純然連接，永恆者

在我們中間發動幽暗的愛
鍛造刀劍，寫下
光輝之書，自然之書

火的亮如光的亮
虛擬之亮，火的內部
有一雙不眠的眼
從那螢幕背後窺測
我們身處的暗

適度完整

從很夢的地方
走來很大一個結

太陽寬闊，群星閃爍

你坐在結上
思考一個算術的解

從很累的水果
走出很晚的一張床

月色奔流，銀河瀰漫

你坐在床上
吃一個水果的晚

從很你的一扇我

誕生很房間的一個窗

住進那窗，住進

泛白銀河

從很亮的一個廣場

投來很場的一束光

照亮這世界

這世界被照亮

從夢裡很高的地方跳下

一個算術的解

年輕的太陽

一升起就燒了一條街
（他的出現是一個事件）

更多的街加入被燒的行列
（他開始左右一些輿論）

更多山川河流紛紛前來要求年輕地燃燒
（一切變得不可阻擋）

朝向天空的人們燒乾了眼淚
（他讓他們轉向大地）

一些烏雲過來討論法則的高處
（閃電的意見是左右劈砍）

更多的神加入被燒的行列
（天空裡出現逃亡的痕跡）

更多的席位被燒焦已經分不出名字
（他乃是區別的抹除者）

災難臨近，大地母親躲入陰間
（據說那裡很涼快）

這一切之後還會剩下什麼
（這不是他的問題，他只管燃盡）

民主的夜晚

紅色藍色燒盡了天邊余輝
人們開始沿直線走，民兵持槍護送
要一直走到民主的清晨
這無邊無際的夜剛剛降臨
有人越走越慢，或被後面的人推擠著前進
兩邊深色柵欄提醒大家
深夜裡也不可逾越入兩側深不見底的
洞穴，那裡有吞吃正義的怪獸

於是人們沿這筆直大路連夜走
把民主的火把投向同伴時
把自己也嚇了一跳
他們就這樣在相同中走著
走向差異，復歸相同
一些米老鼠和唐老鴨趁著夜色
混入隊伍，被民兵叉出來
也有假裝沉默的，等待太陽的笑聲再次爆發

語言文學類　PG3148　秀詩人126

無形者

作　　者／馮　冬
責任編輯／莊祐晴
圖文排版／黃莉珊
封面設計／吳家南

發 行 人／宋政坤
法律顧問／毛國樑　律師
出版發行／秀威資訊科技股份有限公司
114台北市內湖區瑞光路76巷65號1樓
電話：+886-2-2796-3638　傳真：+886-2-2796-1377
http://www.showwe.com.tw
劃撥帳號／19563868　戶名：秀威資訊科技股份有限公司
讀者服務信箱：service@showwe.com.tw
展售門市／國家書店（松江門市）
104台北市中山區松江路209號1樓
電話：+886-2-2518-0207　傳真：+886-2-2518-0778
網路訂購／秀威網路書店：https://store.showwe.tw
國家網路書店：https://www.govbooks.com.tw

2025年1月　BOD一版
定價：250元

國家圖書館出版品預行編目

無形者 / 馮冬著. -- 一版. -- 臺北市 : 秀威資訊科
技股份有限公司, 2025.01
面 ;　公分. -- (語言文學類 ; PG3148)(秀詩
人 ; 126)
BOD版
ISBN 978-626-7511-57-2(平裝)

851.487　　113020487